Léon
le caméléon

À Ernesto, mon meilleur ami et très grand admirateur de Léon.
Des mercis tout particuliers à Michèle Lemieux pour son appui et son inspiration.

Les illustrations de ce livre ont été réalisées à l'acrylique et à l'encre noire.

La police de caractère est Stone Sans.

Données de catalogage avant publication (Canada)

Watt, Mélanie, 1975- .
    Léon le caméléon

Traduction de : Leon the chameleon.

ISBN 0-439-98612-5

1. Couleur – Ouvrages pour la jeunesse. I. Clermont, Marie-Andrée. II. Titre.
QC495.5.W3814 2001   j535.6   C00-932535-2

Édition publiée par Les éditions Scholastic, 175 Hillmount Road,
Markham (Ontario) L5C 1Z7 CANADA, avec la permission de Kids Can Press Ltd.

5 4 3 2 1   Imprimé à Hong-Kong   00 01 02 03 04 05

Léon
le caméléon

Mélanie Watt

Les éditions Scholastic

Léon est un petit caméléon pas du tout comme les autres.
Quand les autres caméléons s'assoient sur une feuille verte,
ils deviennent verts.
Quand ils se tiennent sur le sable jaune, ils deviennent jaunes.
Et quand ils nagent dans l'étang bleu, ils deviennent bleus.

Mais, pour Léon, c'est tout à fait différent.
Quand il s'assoit sur une feuille verte, il vire au rouge.

Quand Léon se tient sur le sable jaune, il vire au violet.

Et quand il nage dans l'étang bleu, il vire à l'orangé.
Léon ne le fait pas exprès.
Il voudrait bien être comme les autres caméléons.
Il ne peut tout simplement pas s'empêcher de prendre
la couleur opposée.

Quelquefois, Léon trouve terrifiant d'être si différent.
Il ne peut pas se camoufler pour échapper au danger.

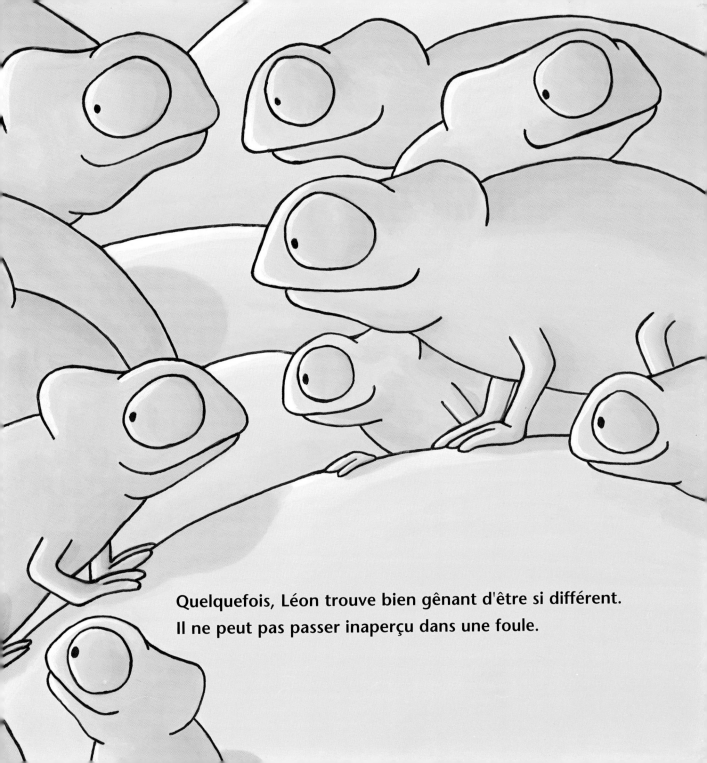

Quelquefois, Léon trouve bien gênant d'être si différent.
Il ne peut pas passer inaperçu dans une foule.

Quelquefois, Léon se sent très seul à force d'être différent.
Il n'ose pas se joindre aux autres caméléons;
Léon croit qu'il n'est pas comme eux.
Il a l'impression qu'il n'y a pas de place pour lui dans le groupe,
surtout quand les autres jouent à la *camouflette*, leur jeu préféré.

Un jour, les petits caméléons décident de partir à l'aventure.
Léon est curieux, alors il les suit en dehors de la forêt,
en s'efforçant de son mieux de ne pas se faire repérer.

Les petits caméléons marchent longtemps.
Soudain, ils se rendent compte qu'ils se sont perdus.
Les caméléons ont très peur.

Léon a très peur, lui aussi.

Léon demeure blotti derrière une roche jusqu'à ce
qu'il n'en puisse plus de rester seul.
Il jette alors un coup d'œil par-dessus la roche,
et les petits caméléons l'aperçoivent aussitôt.
À la grande surprise de Léon, ils sont tout joyeux de le voir.

Pendant ce temps, au cœur de la forêt,
les parents s'inquiètent,
car il commence à se faire tard.
Ils partent donc à la recherche de leurs petits caméléons.

Les parents marchent longtemps,
mais ils ne voient aucune trace des petits caméléons.
Puis tout à coup, dans le lointain, ils remarquent
un petit point vert.

C'est Léon!
Grâce à sa couleur pas comme les autres,
les parents retrouvent leurs petits caméléons, sains et saufs.
Youpi! Tout le monde se réjouit.

Après une journée pleine d'aventures, les caméléons
retournent à la maison.
Cette fois, Léon marche parmi les autres.
Il est encore de la couleur opposée,
mais il a maintenant une place toute spéciale
au milieu du groupe.
Léon est différent et il en est très fier.

Le savais-tu?

Le rouge, le jaune et le bleu sont des couleurs primaires.

Ce sont les trois couleurs les plus importantes.

En les mélangeant, on obtient de nouvelles couleurs.

Si on mélange le rouge et le jaune, on obtient l'orangé.

Si on mélange le jaune et le bleu, on obtient le vert.

Si on mélange le bleu et le rouge, on obtient le violet.

Et si on mélange les six couleurs, on obtient le noir.

La couleur complémentaire (ou contrastée) se trouve toujours du côté opposé, dans le cercle des couleurs.

Le rouge est la couleur complémentaire du vert.

Le jaune est la couleur complémentaire du violet.

Le bleu est la couleur complémentaire de l'orangé.

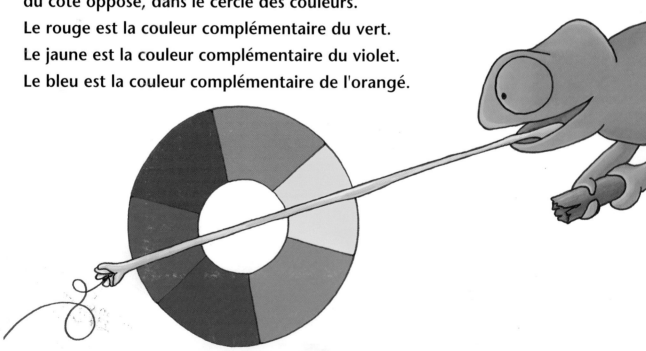